Sensation

Par les soirs bleus d'été, j'irai dans les sentiers,
Picoté par les blés, fouler l'herbe menue :
Rêveur, j'en sentirai la fraîcheur à mes pieds.
Je laisserai le vent baigner ma tête nue.

Je ne parlerai pas, je ne penserai rien :
Mais l'amour infini me montera dans l'âme,
Et j'irai loin, bien loin, comme un bohémien,
Par la nature, – heureux comme avec une femme.

Arthur Rimbaud (mars 1870)

© 1993, l'école des loisirs, Paris
Loi numéro 49956 du 16 juillet 1949 sur les publications
destinées à la jeunesse : juin 1996
Dépôt légal : juin 1996
Imprimé en France par Jean Lamour à Maxéville

Rascal

Le voyage d'Oregon

Illustrations de Louis Joos

Pastel
lutin poche de l'école des loisirs
11, rue de Sèvres, Paris 6^e

C'est au Star Circus que nous nous sommes connus,
Oregon et moi. Il passait juste avant mon numéro.
Blotti derrière le rideau rouge, je perdais mon trac
et retrouvais l'enfance.

Mes pitreries terminées, je le raccompagnais
jusqu'à sa cage. Un soir, Oregon m'a parlé.
Comme dans les livres pour enfants...
« Conduis-moi jusqu'à la grande forêt, Duke. »
Sur le coup, je n'ai rien pu répondre.

Mais, seul au fond de ma roulotte, j'ai su que sa place
était parmi les siens, au fond d'une belle forêt d'épicéas.
Qui sait ? J'y rencontrerais peut-être Blanche-Neige…

Un dernier tour de piste et nous sommes partis dans la nuit noire. Sans bagages inutiles et sans clés qui déforment les poches.

Je n'avais jamais été très fort en géographie,
mais je me doutais que les grandes forêts,
celles aux arbres gorgés de miel et aux rivières
comme des viviers, ne se trouvaient pas
à côté de la porte.

Bien des kilomètres plus tard,
Pittsburgh et son ciel de suie étaient oubliés.

Une nuit au Sioux Motel, deux allers simples
pour Chicago et trois cents hamburgers avaient
eu raison de mes économies. Mais peu m'importait.
J'étais heureux de faire ce voyage avec Oregon.
Moi qui, enfant, n'avais pas eu d'ours en peluche…

Dès l'aube, on s'est fait prendre en stop par Spike.
Il descendait jusqu'en Iowa, le garde-manger de l'Amérique.
Cela tombait bien, Oregon était insatiable !
« Pourquoi gardes-tu ce nez rouge et ce masque blanc ? »
m'a demandé Spike. « Tu n'es plus sur la piste d'un cirque. »
« Ils me collent à la peau. Ce n'est pas facile d'être nain… »
« Et d'être noir dans le plus grand pays du monde ? »
Nous étions de la même famille… Je n'avais rien à ajouter.

Nous nous sommes quittés au petit matin. J'avais une promesse à tenir et il me restait bien des chemins à parcourir.

Les cheveux rouges au vent,
j'ai traversé des tableaux de Van Gogh…
En plus beau.

On cheminait sous la grêle.
On festoyait dans les maïs.
On somnolait dans l'herbe tiède.
On rêvait sous les étoiles.
Les oiseaux pour réveille-matin,
les rivières pour salle de bains, le monde entier
nous appartenait. Il me restait deux dollars
oubliés au fond de ma musette.
J'en ai fait des ricochets sur la Platte River.

Poussés par le vent des plaines, nous nous sommes
bientôt retrouvés le dos aux Rocheuses,
les chevilles enflées et le pouce pointé vers le ciel.

Voyageur de commerce, starlette de supermarché
et chef indien déplumé se sont succédés
jusqu'au crépuscule. Nous étions à proximité
du Cheval de Fer, mais j'étais bien trop fourbu
pour aller plus loin. Nous avons passé la nuit
dans la carcasse d'une Chevrolet 1935… Mon année !
J'étais quand même en meilleur état !

Au saut du lit, nous avons pris le train en marche
pour la dernière ligne droite. Oregon comme oreiller,
je me suis assoupi en regardant défiler les vaches.

Quand j'ai rouvert les yeux, elle était là !
Telle qu'il l'avait rêvée…

Il ne fallut pas cent pas à Oregon
pour oublier toutes ces années de captivité.

Oregon en Oregon !
J'ai tenu ma promesse…

Dans le matin blanc,
je partirai le cœur léger et la tête libre.

34